U0854548

无界

BORDERLESS

不纯世界的有序见解

l'Amica
GENIALE

献给

钦奇拉

菲奥伦扎

MY BRILLIANT FRIEND

我的天才女友

图像小说

[意]
埃莱娜·费兰特
原著

[意]
玛拉·切里
绘画

[意]
基娅拉·拉加尼
改编

陈英 于冰倩
译

“那不勒斯四部曲”
之一

中信出版集团 | 北京

图书在版编目（CIP）数据

我的天才女友：图像小说 /（意）埃莱娜 · 费兰特原著；（意）基娅拉 · 拉加尼改编；（意）玛拉 · 切里绘画；陈英，于冰倩译 . -- 北京：中信出版社，2023.5
书名原文：My Brilliant Friend
ISBN 978-7-5217-5476-6

I. ① 我… II. ①埃… ②基… ③玛… ④陈… ⑤于… III. ①长篇小说－意大利－现代 IV. ① I546.45

中国国家版本馆 CIP 数据核字 (2023) 第 036809 号

© Mara Cerri, Chiara Lagani 2022
© Coconino Press, for the original Italian edition 2022
Adapted from the novel *My Brilliant Friend* by Elena Ferrante, © Edizioni E/O, 2011
Translation made in arrangement with Am-Book (www.am-book.com)
Simplified Chinese translation copyright © 2023 by CITIC Press Corporation
All rights reserved

温馨提示：18 岁以下未成年人请在家长陪同下阅读。

我的天才女友：图像小说
原著： [意] 埃莱娜 · 费兰特
改编： [意] 基娅拉 · 拉加尼
绘画： [意] 玛拉 · 切里
译者： 陈英 于冰倩
出版发行：中信出版集团股份有限公司
（北京市朝阳区东三环北路 27 号嘉铭中心 邮编 100020）
承印者： 北京启航东方印刷有限公司

开本：787mm×1092mm 1/16 印张：16 字数：154 千字
版次：2023 年 5 月第 1 版 印次：2023 年 5 月第 1 次印刷
京权图字：01–2020–0987 书号：ISBN 978–7–5217–5476–6
定价：79.00 元

版权所有 · 侵权必究
如有印刷、装订问题，本公司负责调换。
服务热线：400–600–8099
投稿邮箱：author@citicpub.com

引子

抹去所有痕迹

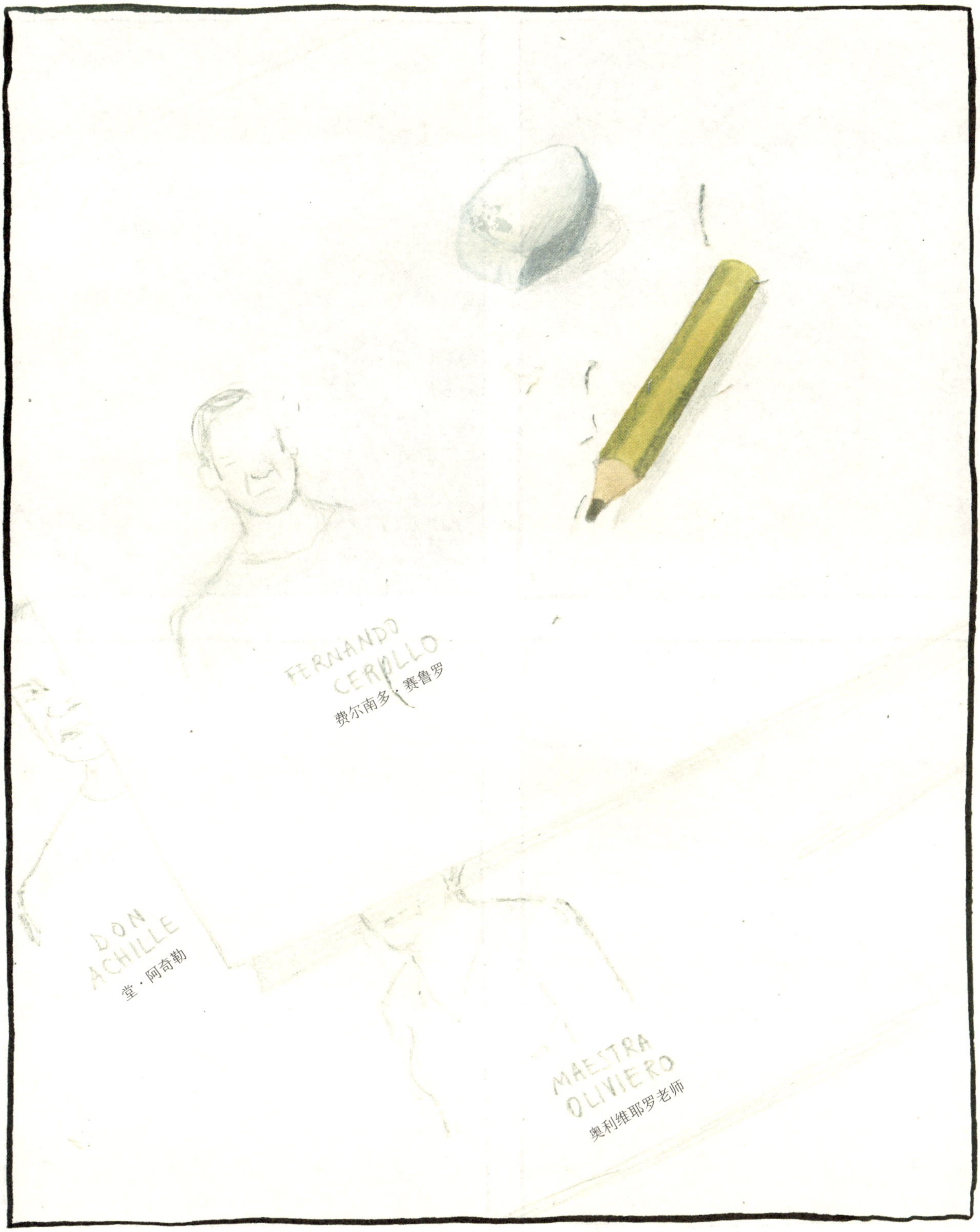
FERNANDO CERULLO
费尔南多·赛鲁罗
DON ACHILLE
堂·阿奇勒
MAESTRA OLIVIERO
奥利维耶罗老师

今天早上里诺来电话了。

我以为他又要向我要钱，正准备拒绝他。但他打电话来却是另一个原因。

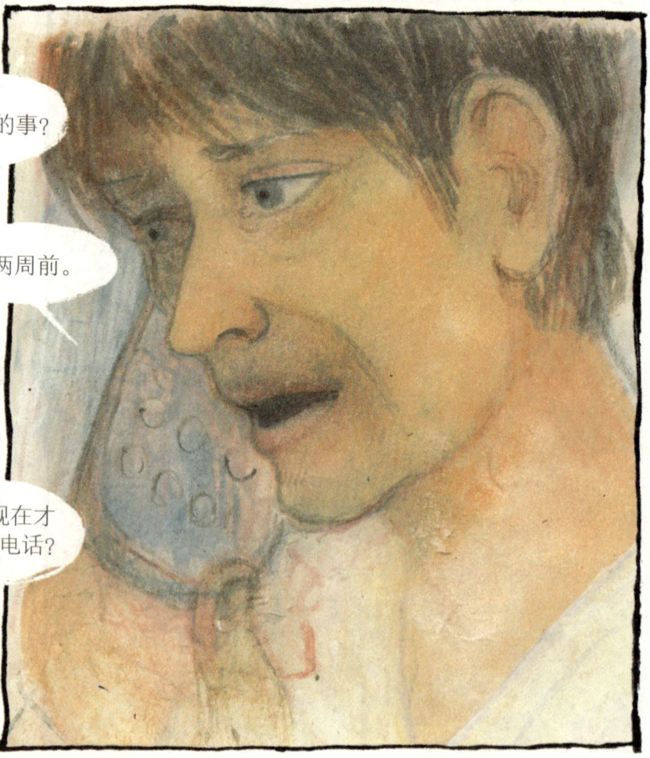

她没在你那里吧？
不在。
那她去哪里了？

你有没有看
她的衣柜？

看衣柜
干什么？
你赶紧去看看。

里诺?

我没找到
任何东西。
什么都没有吗？

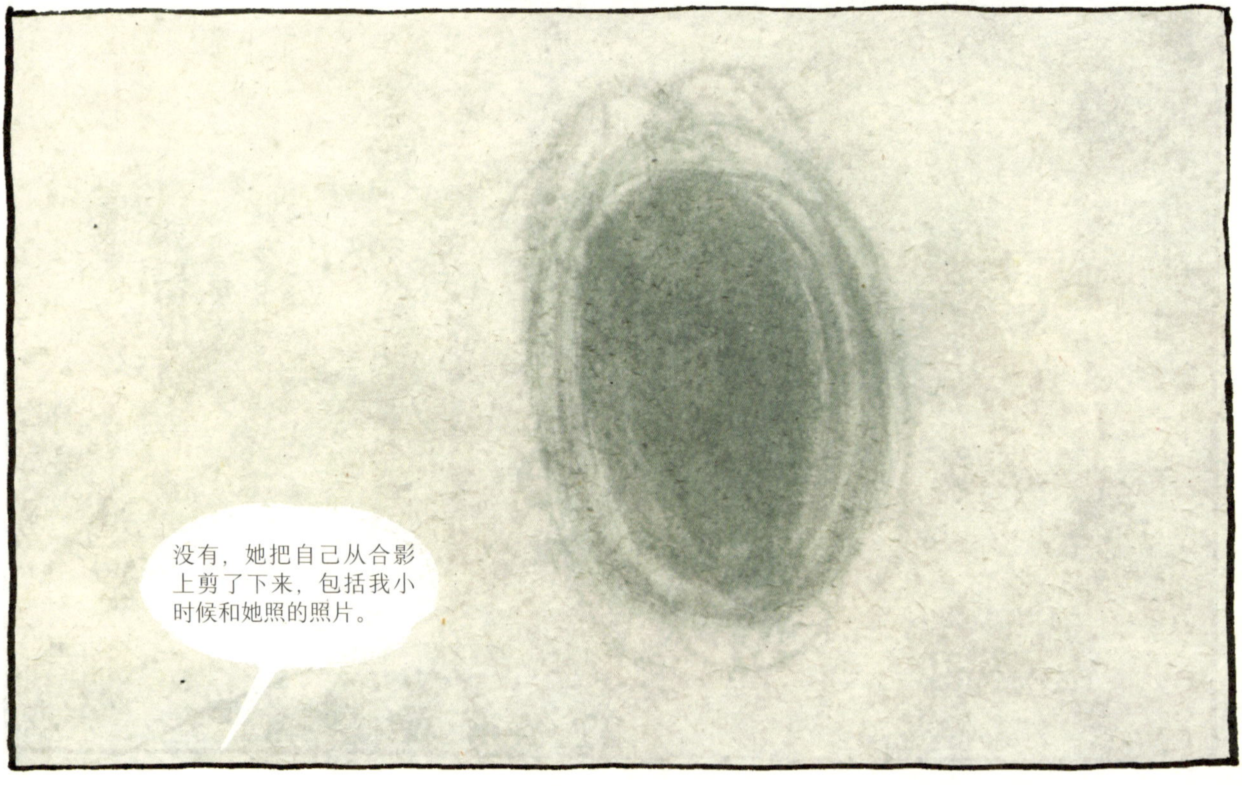
没有，她把自己从合影上剪了下来，包括我小时候和她照的照片。

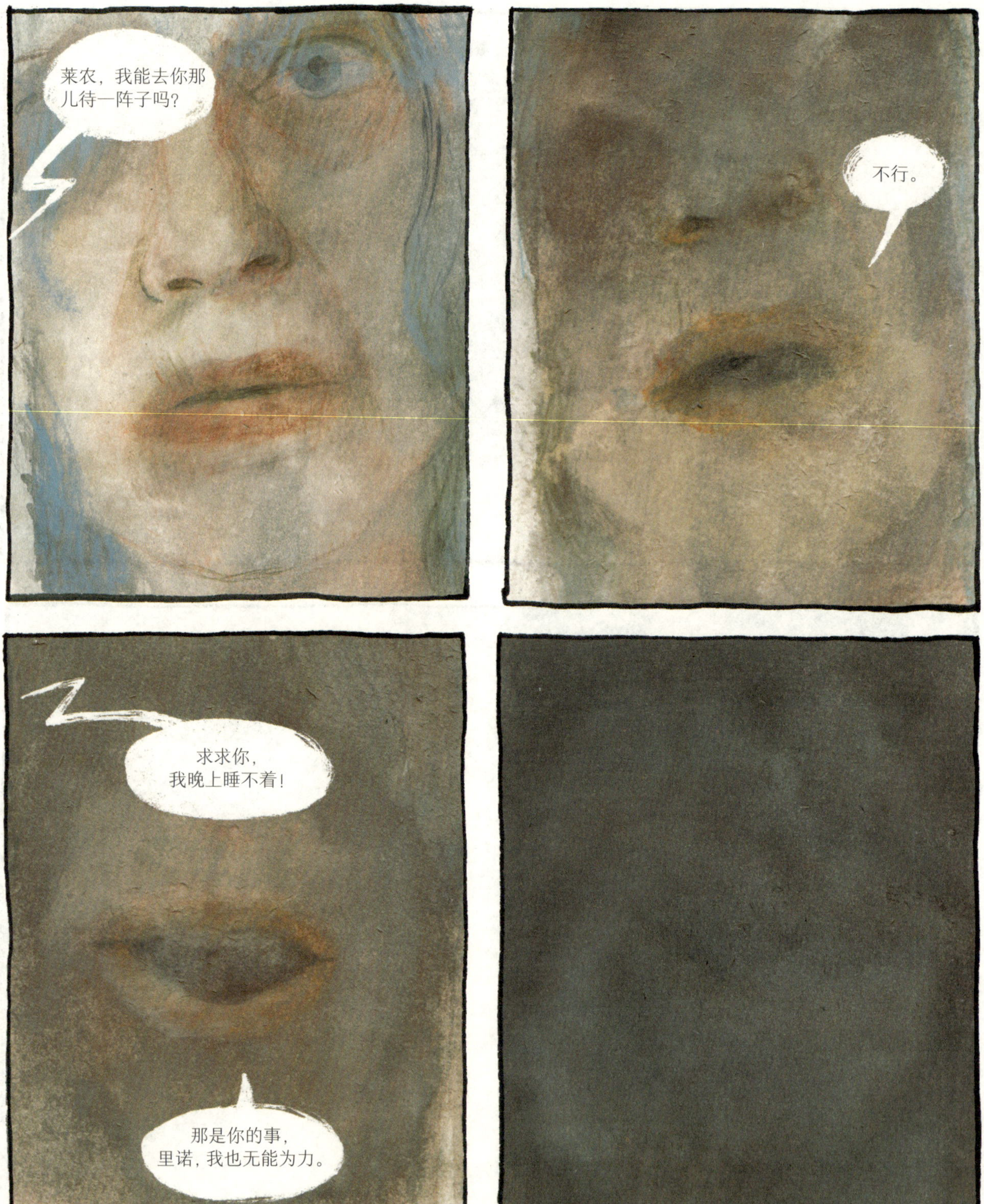
莱农，我能去你那儿待一阵子吗？
不行。
求求你，我晚上睡不着！
那是你的事，里诺，我也无能为力。

里诺的母亲名叫拉法埃拉·赛鲁罗。大家都叫她莉娜，除了我。六十多年来，我一直叫她莉拉。

三十多年前，她就告诉我她想消失，不留任何痕迹……

……这次，她有些过火了。

ELENA
我们看看，
这次到底谁会赢！
LILA

童年

堂·阿奇勒的故事

就是那天晚上，我们的友谊开始了……
饭做好了！
去洗手！
皮诺奇娅，快过来吃饭！

该回家吃饭了……

……但我们没有马上回家，而是在彼此较劲。

莉拉一直把别针装在口袋里，说那是一位仙女送给她的礼物……

她用一种她特有的目光看了我一眼。

然后她看着堂·阿奇勒住的那栋楼。

我吓呆了。

堂·阿奇勒是童话中的食人魔。

假如我胆敢靠近他家的门，他一定会把我杀了。

不仅仅是我家……

……大家对他都有一种又恨又怕的情感，我不知道这种情感是怎么来的。

我绝对不能靠近他、

和他说话、偷窥他……

我要假装他和他的家人都不存在。

即使远远看见他……

……也会刺痛我的眼睛。

这时候，灯忽然亮了。

是堂·阿奇勒把灯打开了吗？

我们停了一下，但什么都没听到。

莉拉继续向前走，我跟在后面。

上到第四级楼梯时……

……莉拉的举动出乎我的意料。

这个举动彻底改变了我们之间的关系。

在不久之前——可能是十天，也可能是一个月，没人知道具体是什么时候……

……我们在院子里玩耍，

但我们假装没在一起玩儿。

我的布娃娃脸和眼睛都是赛璐珞*做的，叫“蒂娜”。

莉拉的娃娃是用破布块拼起来的，上面有好多裂口，叫“诺”。

*“celluloide”的音译，塑料的旧称。——本书注释均为编者所加

蒂娜和诺都不幸福，

因为我们每天感受到的恐惧也会传递到她们身上。

比如说堂·阿奇勒，他总是拿着一只巨大的黑包，里面放着各种东西，死的活的都有。

我想象他张着血盆大口，因为满嘴獠牙，合不上嘴。他的身子是石头和玻璃做成的，身上还长着毒草……

莉拉知道我很害怕。

蒂娜和诺大声交流。

因为这个缘故，她提出交换我们的娃娃……

……她刚拿到蒂娜，就从铁网上的洞口丢了出去。

我知道莉拉很坏……

……但我从没想过她会做出这么邪恶的事。

我什么话也没说，很平静，做了一件好像很自然的事。

尽管我的举动并不自然。

你怎么做，
我就怎么做。

现在，你下去
给我捡回来！
如果你把我的
娃娃也捡回来。

我们一起下去了。

一进来，莉拉看了看四周。
定位我们扔下蒂娜和诺的那个窗口。

她用手在地上翻找，赤裸的双手，那是我从来都没有勇气做的事。
她们不在这里，
不在这里，
不在这里！

娃娃被堂·阿奇勒
拿走了!
不，不是真的!
没错，他把两个娃娃
放到了一个黑包里。

我觉得我好像听到了堂·阿奇勒的声音：他像蛇一样，在那些说不上名字的东西中间爬行，
发出窸窸窣窣的声音。

我逃了出来，放弃了蒂娜。

我无法不去想这件事。
我看到一些小到看不清的动物，
从黑漆漆的地窖里爬出来，爬向我们。
那些年听到的那些词语陪伴了我一辈子，
是我许多恐惧和担忧的根源。
我的脑子里满是那些致命的词语：
哮喘，
感染，
肺结核……
那些看似普通的东西
也能要人命。

你可能会突然被机床伤到，
甚至卷入机床死去……
……也可能会因为吃樱桃
没吐核而死掉。
梅尔·奇奥莱全家人是抱在
一起死的，在大轰炸期间，
他们吓得大喊大叫。

铁锈可能会让你丧命……
堂·阿奇勒的大儿子死了两次：第一次是淹死在海里，第二次是尸体被鲨鱼吃掉了。
如果太阳穴被打中，也会死掉。

一块石头打中太阳穴，就能要人命。

躲过石头是生存原则。

一天放学，一伙男孩用石子袭击我们。

因为我们比他们学习好，他们很生气。

恩佐是他们的头儿，他是个非常危险的家伙。

莉拉！

我不是故意的。

一段时间后，恩佐干了一件在我看来很漂亮的事。

我希望莉拉把那些花楸果递过来说：你拿去吧，你来决定怎么处理。

但她没有给我。

那天以后，恩佐没有再给莉拉送其他礼物。

我们看见他的次数越来越少，他辍学去卖水果了。

而我们几个呢，五年级快结束时，老师把我们的父母轮番叫到学校，告诉他们一定要支持我们继续学习。

一开始，我爸爸不是很确定。

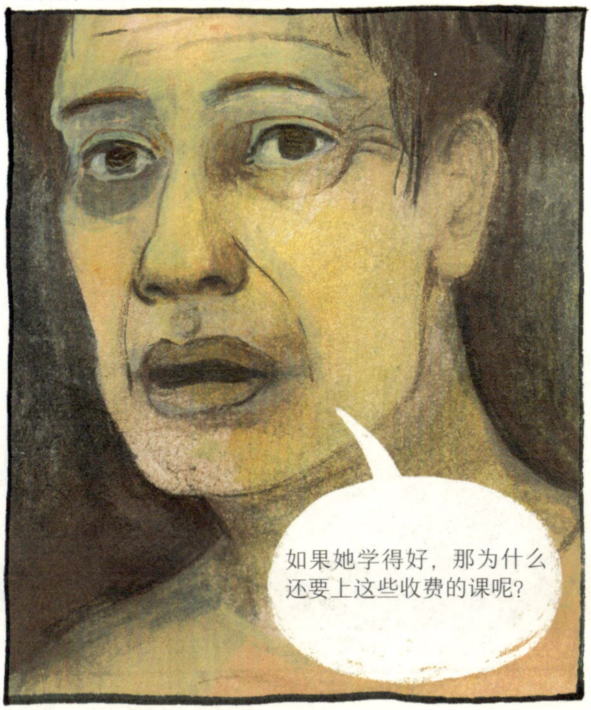

我妈妈则一上来就很反对。

最后，他们决定让我参加中学入学考试。

我开始每天下午都去奥利维耶罗老师家。

* 原文为拉丁语“Vita sine proposito vaga est.”。

但莉拉没来。她父亲甚至不想谈这件事。只有她哥哥里诺护着她。

老师也无法接受那个决定。来学校的第一天，她就知道莉拉学习最好。

没错。你过来把“粉笔”这个词写在黑板上。
这个词包含两个“s”！
geso
你写错了！
孩子的确需要练习一下，但她已经会读书写字了，问题是谁教会她的？
我没教。
sole
geso

按照莉拉的哥哥里诺的说法，莉拉看着他的识字课本上的图片和字母学会了读书。

……我把我的手艺
教给你了！
是，
但莉拉她学习很好……

……如果你不帮她的话，
那就我来！

你听见了吗？
里诺给我交学费！
你说什么？
给我过来！
看我不打死你！

莉拉！！！

莉拉，不！！！

天哪！

我没事。

对于蛮横不听话的女儿，父亲可以随意处罚。

去堂·阿奇勒家是被禁止的事。

你们找谁？
我儿子阿方索吗？

不是，
我们找堂·阿奇勒！
说吧，
什么事。
我们要跟他说。
阿奇——！

说吧?

布娃娃的事!
什么布娃娃?
我们的布娃娃!

这里没有你们的布娃娃。
您从地窖里拿走了我们的布娃娃！您把它们放到了黑包里。
你们拿去吧，去买布娃娃。

但你们要记住，
布娃娃是我送给你们的！

祝您用餐愉快！
晚安！

晚安！
晚安！
安！
安！
安！

但我们没用那些钱买布娃娃……

我们怎么可能买别的娃娃替代蒂娜和诺呢？

*引用自《小妇人》，刘春英、陈玉立译本。

她表示同意，但她没能等到那个时候。

今天我要去老师那里上课，我把你写的带给她看看。

这是什么？
莉拉自己写的故事。

你告诉赛鲁罗，让她好好准备一下小学毕业考试，不要再浪费时间！
LA FATA BLU

＊书名为《蓝色仙女》。

关于《蓝色仙女》，老师再也没多说什么。

后来莉拉问了我多次，最后不了了之。

写得很好啊。

写得太恶心了。

在小学毕业考试之前，

莉拉促使我做了一件事……

……一件我一个人永远也没勇气做的事：

走出我们居住的城区。

我从来都没有远离过我家住的那栋五层的白色楼房，

也没有远离过院子、教堂和小花园。

有很多汽车和卡车穿过隧道，

但我从来都没问过……

……这些汽车和卡车开往哪里？

它们去哪个城市？

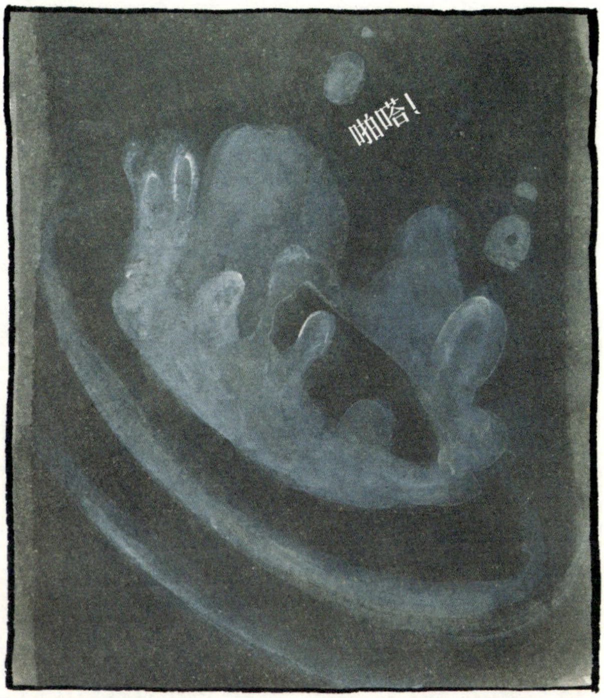

哪个世界？

啊啊！

哈哈哈哈哈哈哈哈哈哈！
哈哈哈！
你听！
哈哈哈哈哈哈！
哈哈哈哈哈哈！
哈哈哈哈！
哈哈哈哈！
哈哈哈哈哈哈！

你看，莉拉！
嗨！

这条路能通向大海！

姑娘们，
你们迷路了吗？
我们没走丢！

哼！

妈妈，
那两个女孩是谁呀？

你别看她们！

你们过来，
我帮你们。

哈哈哈哈！

哈哈哈哈哈！
哈哈哈哈哈哈！
哈哈哈哈哈！
哈哈！
哈哈哈哈哈哈哈！

去旅行的人会遇到麻烦!

所以我待在家里。

我们回去吧?
那大海呢?

太远了!

轰隆!

我妈来了！

我之前告诉母亲，我们在老师家学习。

第二天，莉拉想看我手臂上的瘀青。

有没有这种可能？

她拉着我去远行，心里其实是希望我父母惩罚我、不让我上中学？

或者说，她急匆匆把我带回来，是为了避免我遭受惩罚？

或者她在不同时候，这两种结果都想到了？

青春期

鞋子的故事

在那个漫长的季节里，发生了一件让所有人感到不安的事。
可怕的堂·阿奇勒，在一个炎热飘雨的午后被杀死在自己家里。宪兵抓住木匠，也就是佩卢索先生，把他带走了，他发出沙哑的叫喊：“啊！啊！”非常吓人，发誓说自己是无辜的。

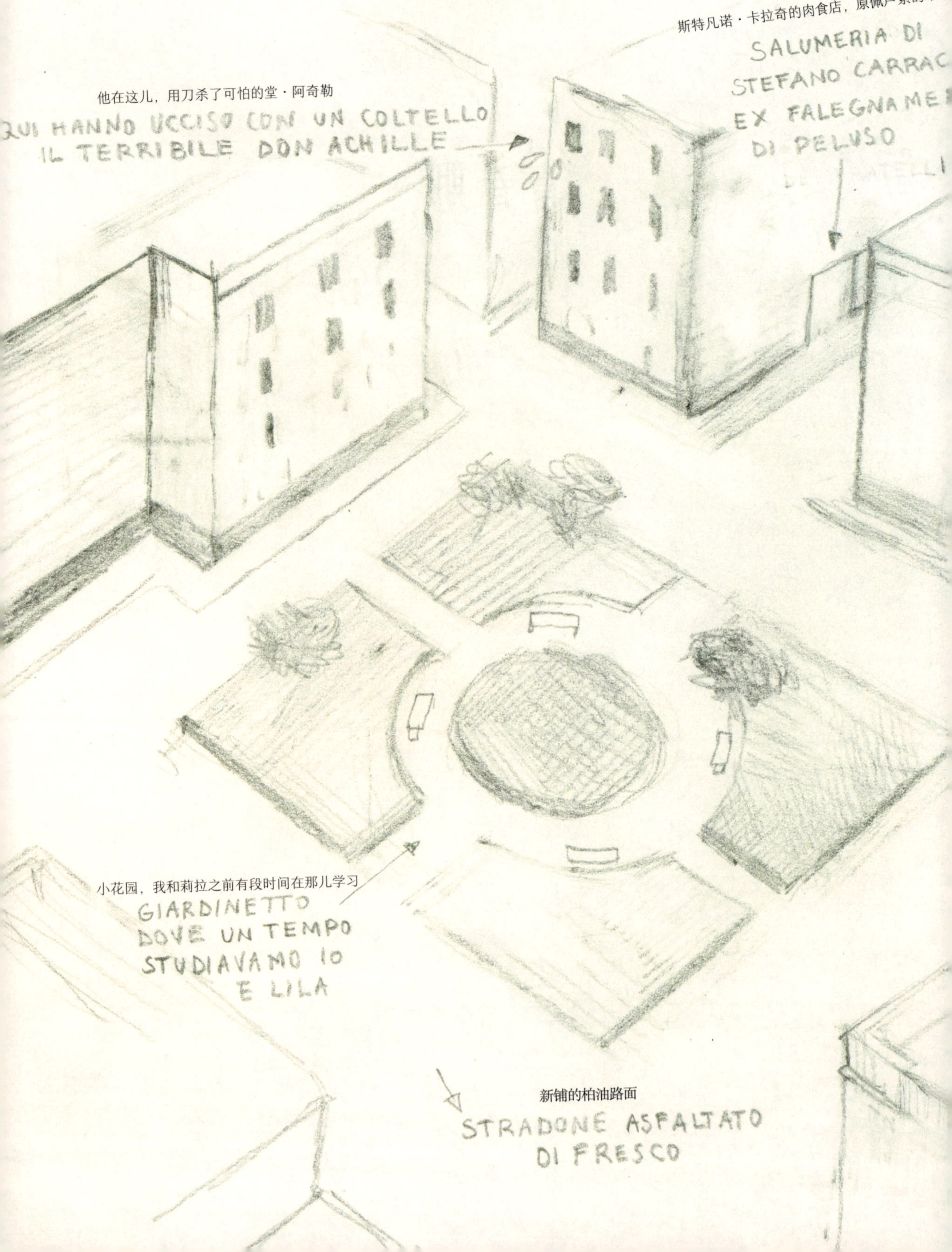

索拉拉家的酒吧扩大了，变成了一家供应各种糕点的甜食店。
西尔维奥·索拉拉的两个儿子——马尔切洛和米凯莱，他们买了一辆“菲亚特 1100”汽车，开着车在城区的街道上兜来兜去，尽情炫耀。
前木匠佩卢索的铺子落到了堂·阿奇勒的手上之后，就变成了一家肉食店，现在是堂·阿奇勒的儿子——斯特凡诺·卡拉奇在经营。

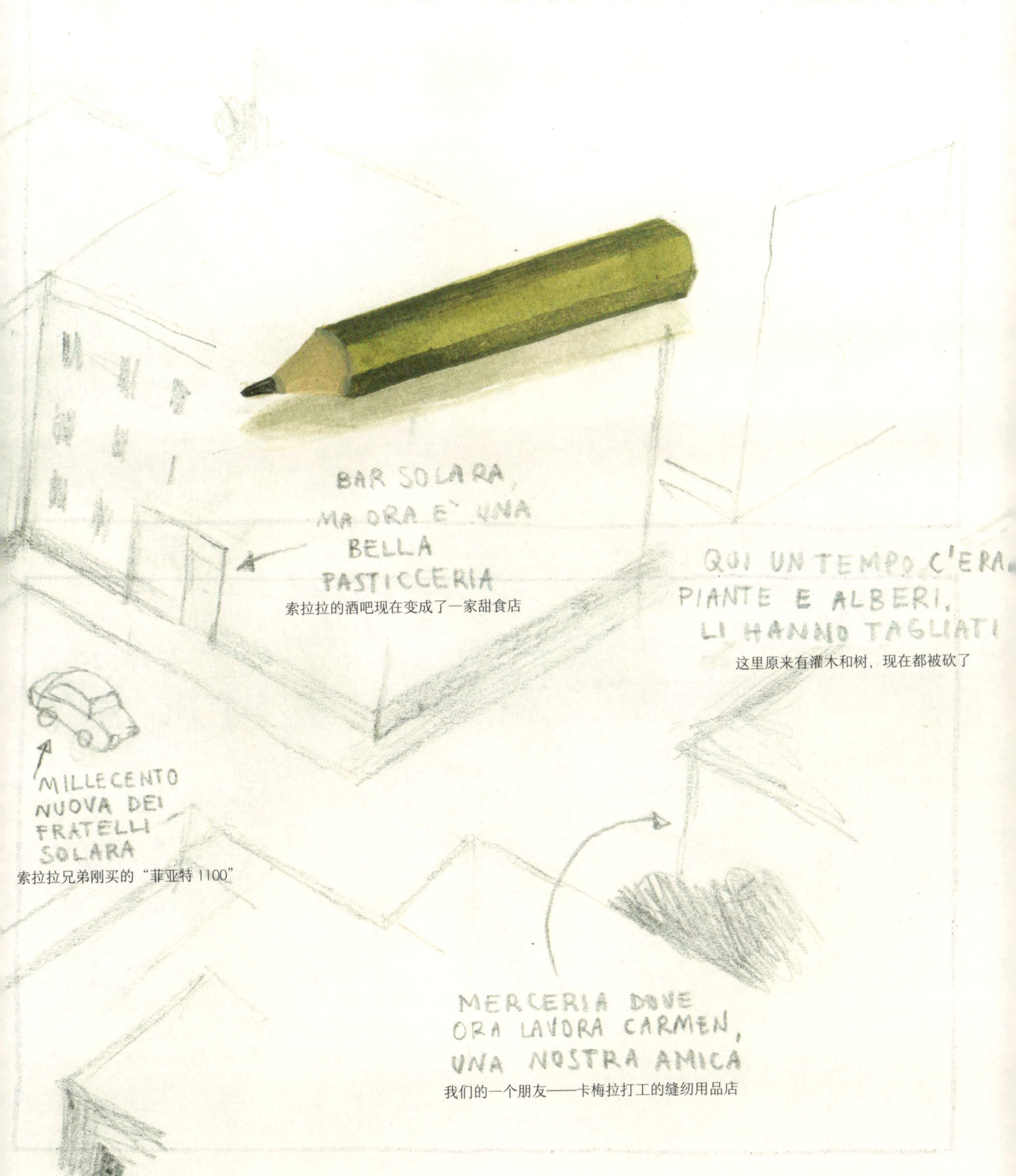

索拉拉的酒吧现在变成了一家甜食店

这里原来有灌木和树，现在都被砍了

索拉拉兄弟刚买的“菲亚特 1100”

我们的一个朋友——卡梅拉打工的缝纫用品店

我们眼睁睁看着很多事一天天发生变化，

但由于身处其中，我们并不觉得那是真正的变化。

然而一切都不同了……

包括我们。

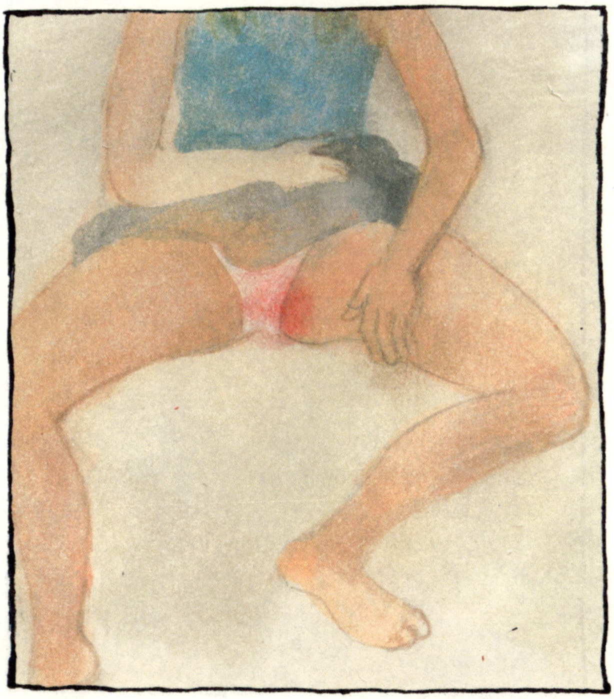

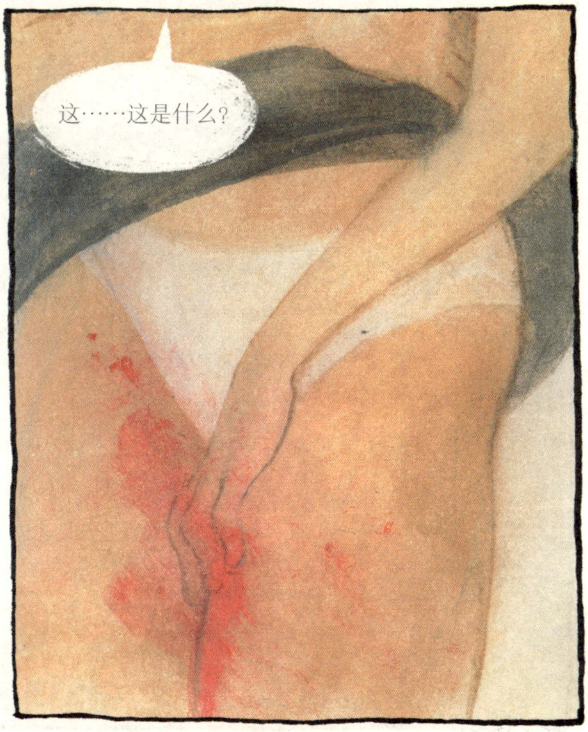

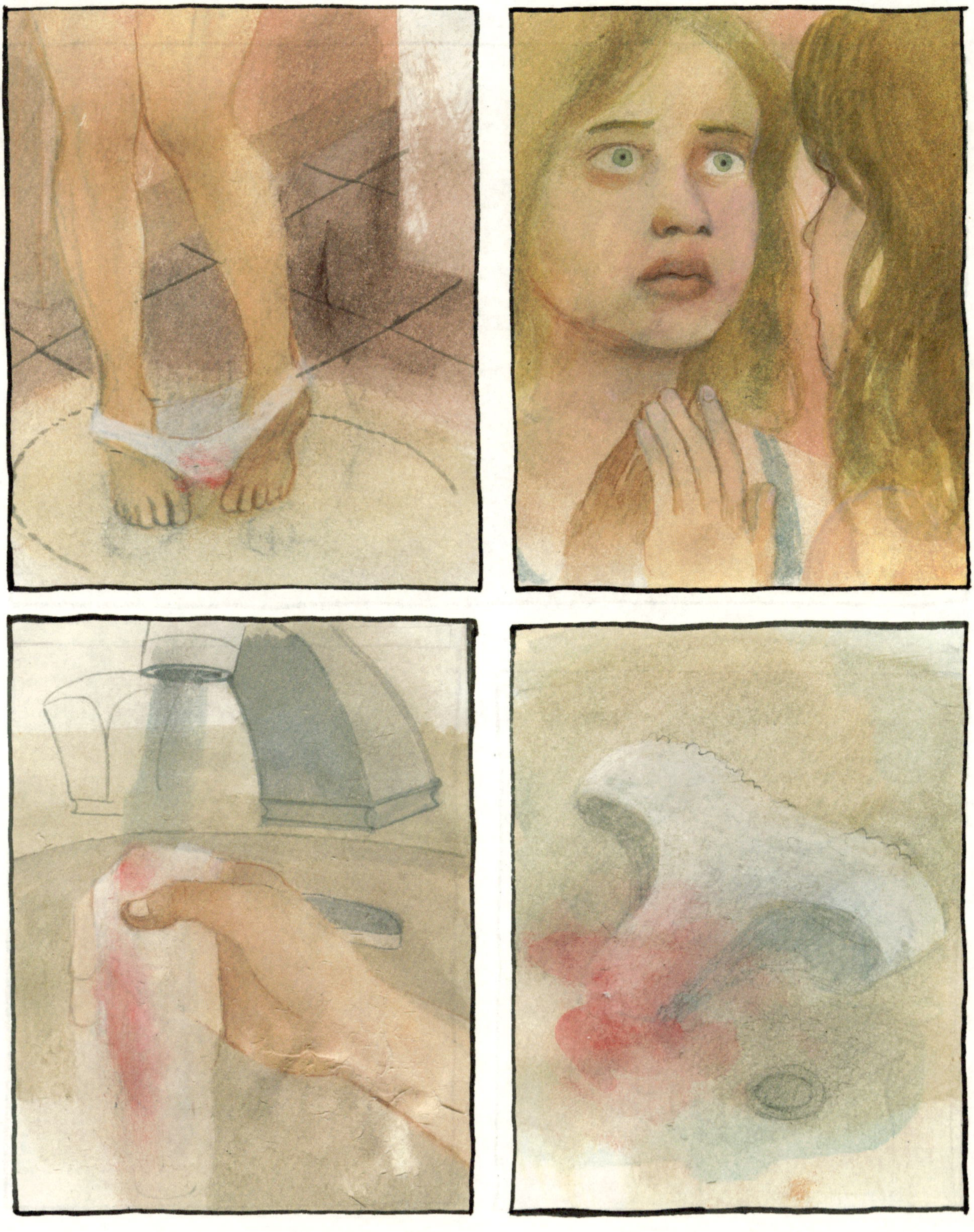

莱农，你在干吗？
妈，
等一下，我就来！
咔！
莱农！

在教堂门口我碰到了莉拉和卡梅拉，卡梅拉是佩卢索先生的女儿，她们俩在散步。

莉拉！

我受伤了！

你伤哪里了？
我双腿间的那个地方……还流血了！

这很正常，女人天生都这样，每月会流几天血，肚子和腰会疼，会过去的。
你确定吗？

这意味着你已经长大了，可以生孩子了，假如有男人把他的那玩意儿放到你肚子里的话。
莉拉，你那里也流血了吗？
我没有，这是因为我不想有，这事儿真恶心。
那些有这事儿的人也让我恶心。

对了……
你拉丁语怎么样？
学得好吗？
很好。
我是故意考不及格的。
你想干什么？
做我喜欢做的事。

她脑子里在想什么呢？

不久后我就发现了……

你喜欢吗?
这些鞋子很优雅。

里诺说
这种鞋子很难做。
然后呢?
但我还是想试试。

你爸爸会发火的。
假如试都不试一下，那一切都会是老样子。
你知道为什么索拉拉兄弟觉得自己是这个城区的主人？

因为他们有钱。但就算
这样，我也不怕他们。

他们不会碰我，
因为我很丑。
但他们
会骚扰你……

如果发生这样的事，
你就告诉我。

我上初一的时候，情况不怎么好。我想，这所学校里没有莉拉，我可能会成为成绩最好的学生。

事实上，我觉得自己在学校里是白白浪费时间。书本里包含的所有能量和前途都没有了。

学期结束时，我的拉丁语考试没及格。

莉拉来找我了：那段时间，我们不像之前那样每天都见面。

我愿意为她做任何事：离家出走，离开这个城区，在农舍里睡觉，从井盖下到下水道里去……

我们每天下午都见面，我很快发现，她已经懂得很多拉丁语知识，比我知道的还要多。她是从哪儿学的呢？

我试了一下。

忽然间，翻译好像变得非常容易！

九月的那场考试我考过了：笔试基本没出现错误，口试时我也能回答所有问题。莉拉在学校外面等着我。

她没回我。

现在她也在流血。

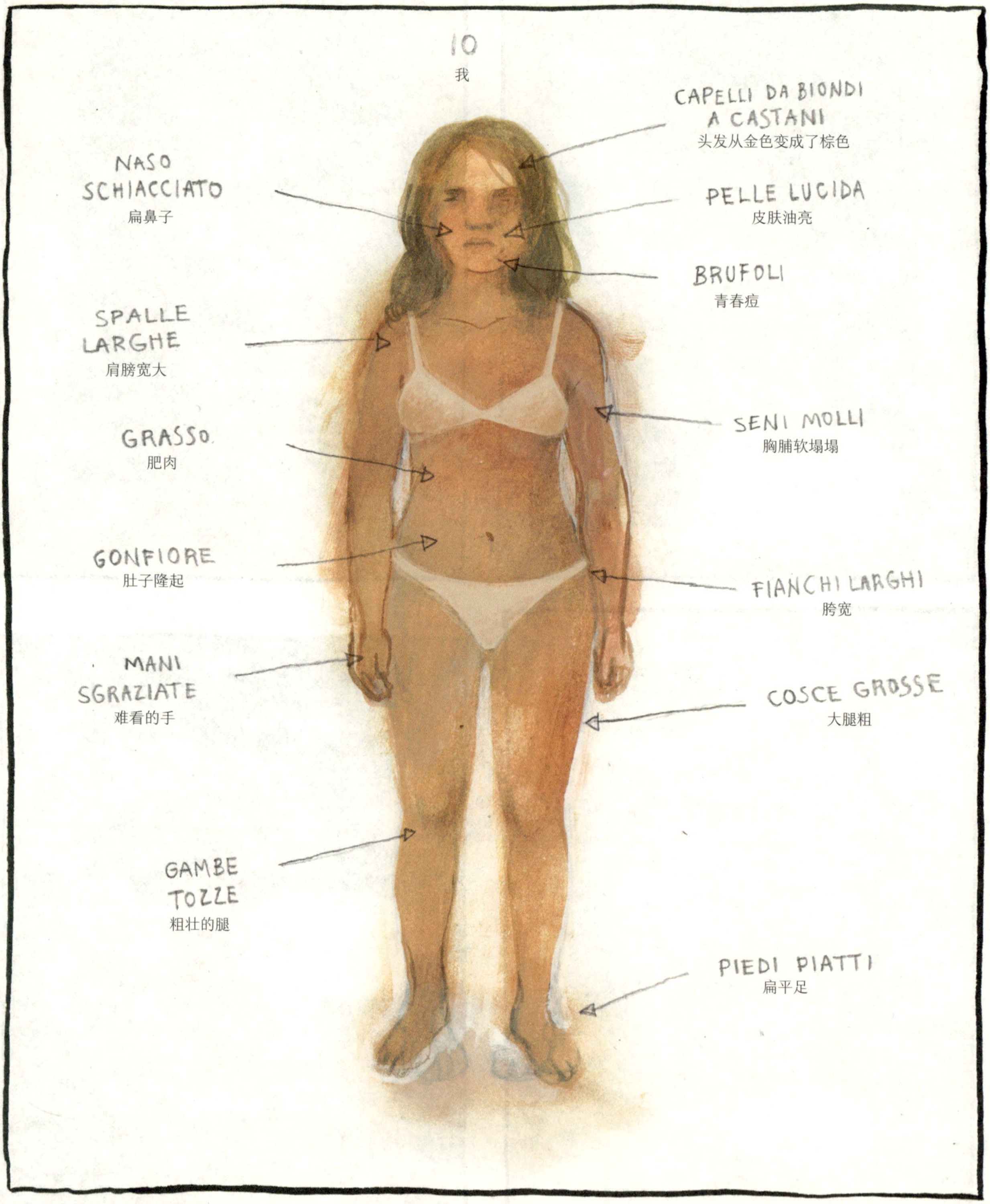

* 此处的身材对比，作者采用了艺术化呈现，以裸体形式突出。

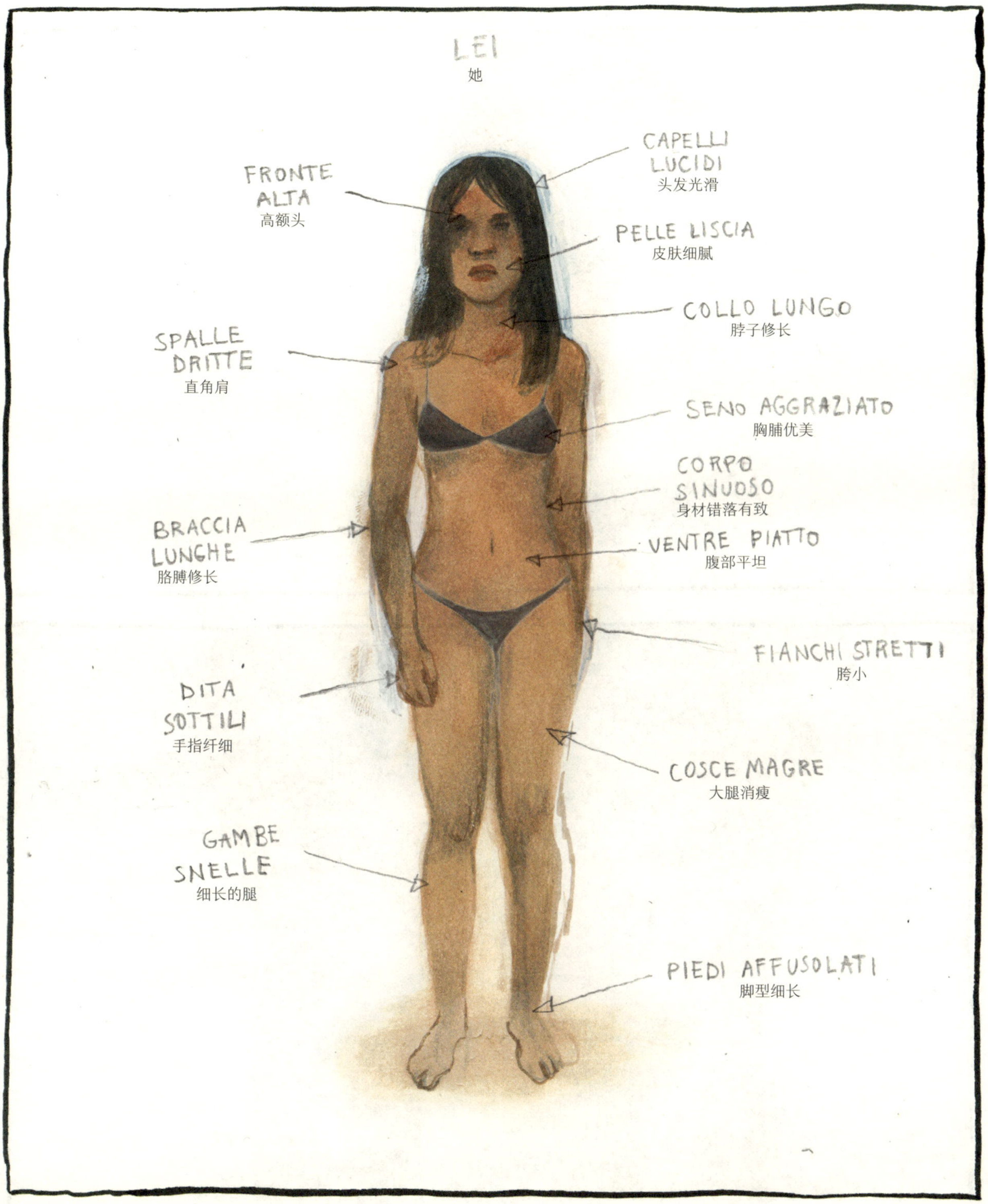
LEI
她
CAPELLI LUCIDI
头发光滑
FRONTE ALTA
高额头
PELLE LISCIA
皮肤细腻
COLLO LUNGO
脖子修长
SPALLE DRITTE
直角肩
SENO AGGRAZIATO
胸脯优美
CORPO SINUOSO
身材错落有致
BRACCIA LUNGHE
胳膊修长
VENTRE PIATTO
腹部平坦
FIANCHI STRETTI
胯小
DITA SOTTILI
手指纤细
COSCE MAGRE
大腿消瘦
GAMBE SNELLE
细长的腿
PIEDI AFFUSOLATI
脚型细长

身体里的秘密运动像地震波一样触及她……

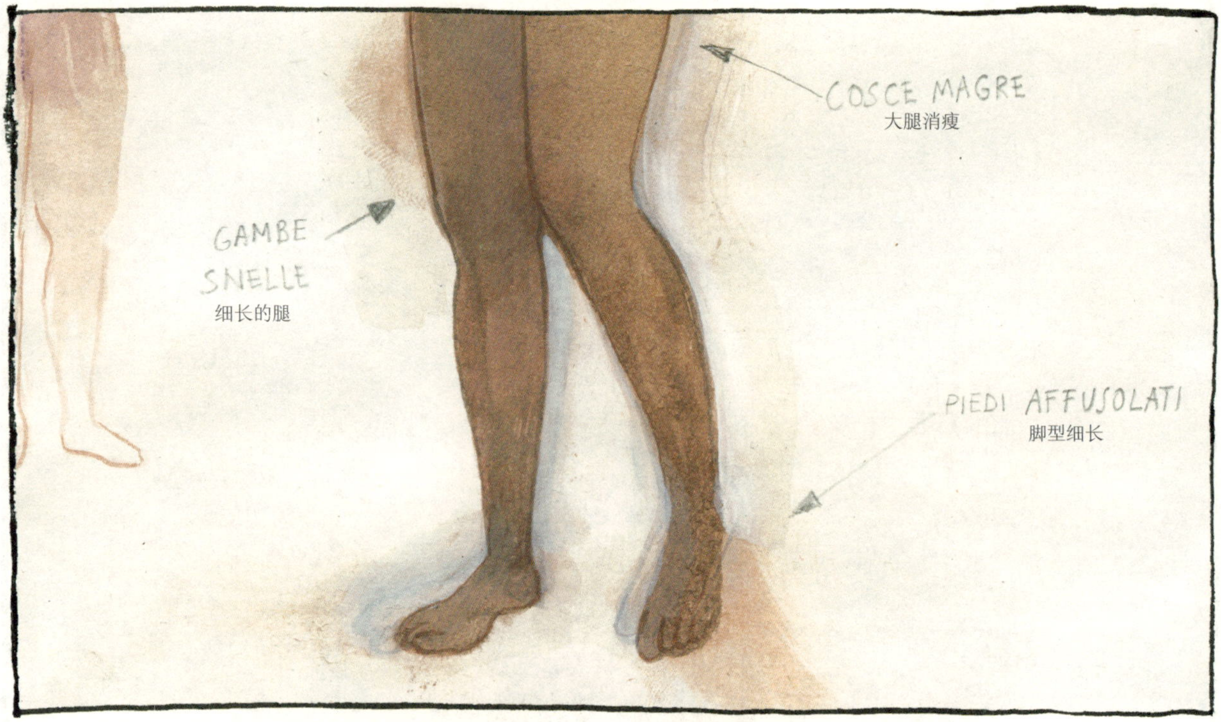

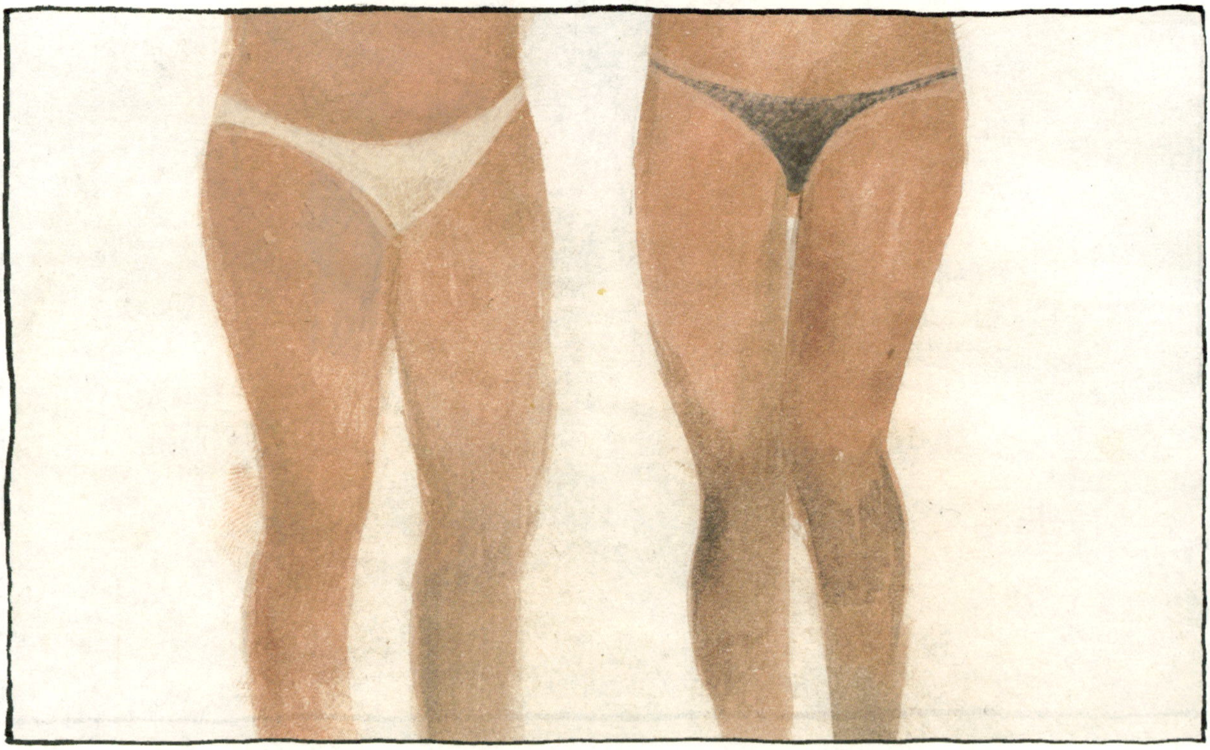

……改变她。

不，现在已经开始改变她了。

等等！米凯莱，你停一下车……你看，门房的女儿戴了一只多漂亮的手镯啊！

你放开我，马尔切洛！

啊！
你弄疼我了！
叮！
看看你做了什么！
别着急，
我现在给你修好。

莉拉，你要干什么?!

你敢再碰她一下，我让你看看会发生什么!

上来吧，马尔切洛，向两位小姐道歉，我们走吧！

对不起。

甚至连马尔切洛·索拉拉都意识到了：莉拉很坏。

她不仅仅可以用语言伤人。

还会毫不犹豫地杀人。

有段时间，莉拉硬拖着我去参加城区的家庭聚会。

每次去那儿，我都会感到自卑和羞耻。

在那里，谁会跳舞就跳舞，不会跳的人可以学。

但在大家面前，我感到很不自在。

然而她……

……她跳得特别棒。

她摇曳的身姿里散发出一种气息……

……这种气息……

……在场的男生都能感觉到。

那种能量让他们晕眩。

那是一种流动的能量……

……非常诱人……

……也很危险。

我意识到，当我和那些男孩一同注视她时，他们能看到更多东西。

尤其是恩佐。

堂·阿奇勒的儿子斯特凡诺也感受到了。

就连索拉拉兄弟俩也只盯着她。

帕斯卡莱，卡梅拉的哥哥，他没办法把目光从莉拉身上移开。

莉拉吸引了所有人的注意。

她捉住了他们的手，就好像那仅仅是手。

就好像他们的胳膊，

身体的其他部分都不存在。

她唯一在乎的就是跳舞。

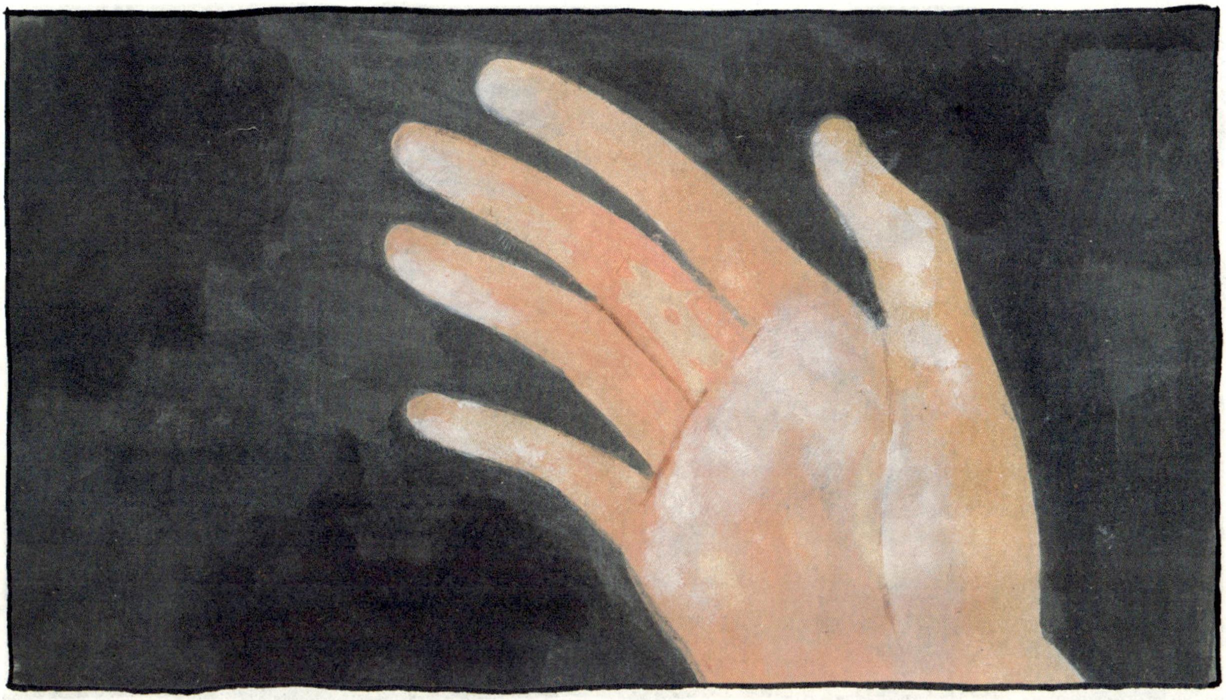

我真受不了她：真希望她消失！

但莉拉没有消失。

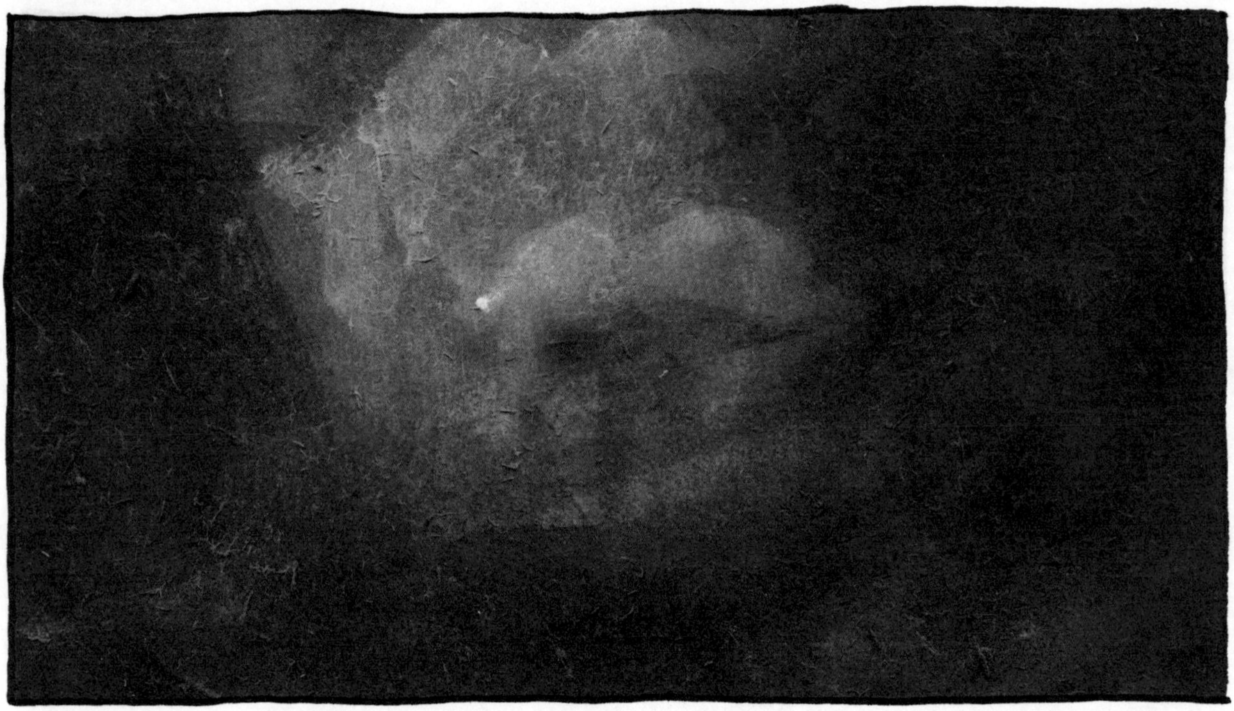

她总会回来。

我听她说话，将她说的复述下来，再用自己的语言进行加工。在学校我也是这样做的。

我已经成了一名成绩优异的学生。

……还有城市
的生活……

……狄多女王对此
非常了解。
你希腊语真好，
我给你打9分！

我永远不会爱上
任何人。

但其他人会爱上你的。
那是他们倒霉。

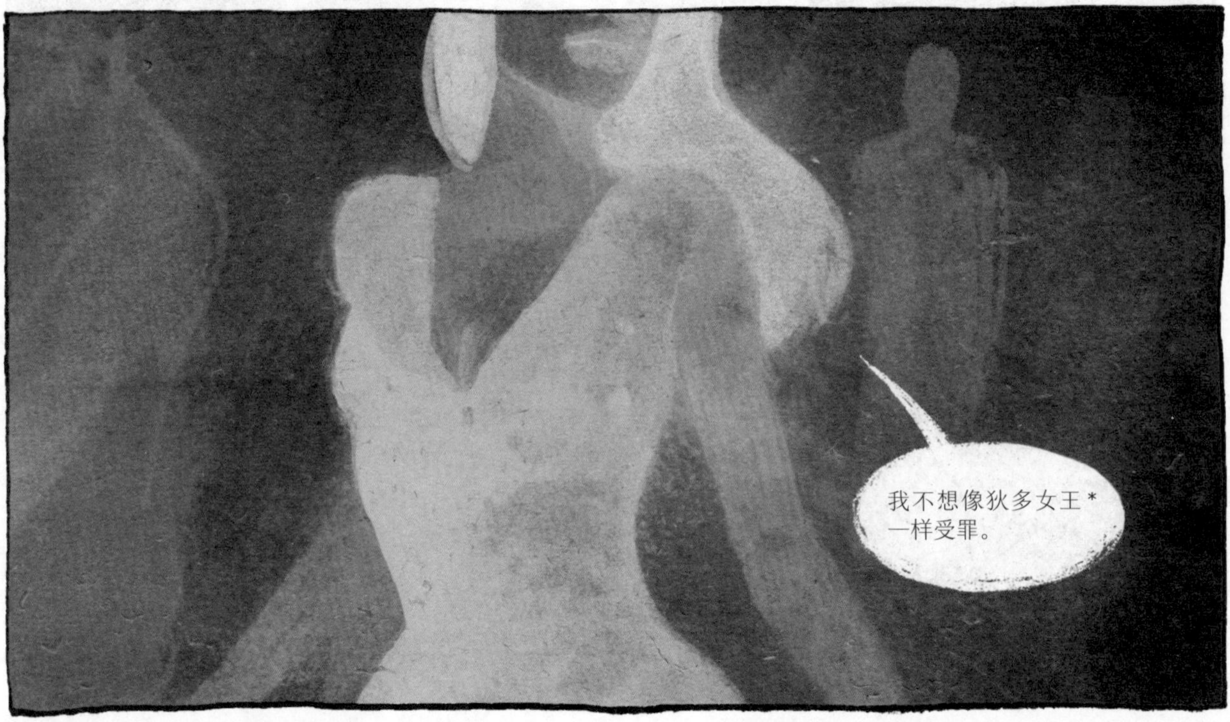

*狄多（Didone），腓尼基人的女王。她爱上了特洛伊英雄、罗马人的祖先“埃涅阿斯”，并为此殉情。狄多女王的故事以维吉尔的《埃涅阿斯纪》中的叙述最为著名。

我还是表示不信。

我只有一个小心思。

就是比她先找到男朋友。

的确是他！

我小时候就认识他了……

……我的心停跳了一拍。

他们一家人很多年前就从城区搬走了……

上小学的时候，他还让我嫁给他：他现在还记得我吗？

我特别想跑去找莉拉。

我想给她说尼诺的事。

但我已经猜到会发生什么了：她会马上让我带她去见尼诺，而尼诺……

……尼诺也会像其他人那样爱上莉拉。

里诺，你看见了吧？
我们得拆了重做。

×！是有点儿潮，
那又怎么样呢？

我想赚钱，立刻、马上！

懂了吗?!!
嘭!
莱、莱农?

知道吗？
你已经做得很好了。

你看起来气色不错，是学校的生活让你很满意吗？

还是爱情滋润的结果呢?
莱农，你向我保证，你不会离开我，永远不会！

好美啊！
哈哈哈哈！

1958 年 12 月 31 日，莉拉第一次感受到了“界限消失”。

我们当时在斯特凡诺·卡拉奇家。

突然，她出了一身汗。

在她面前
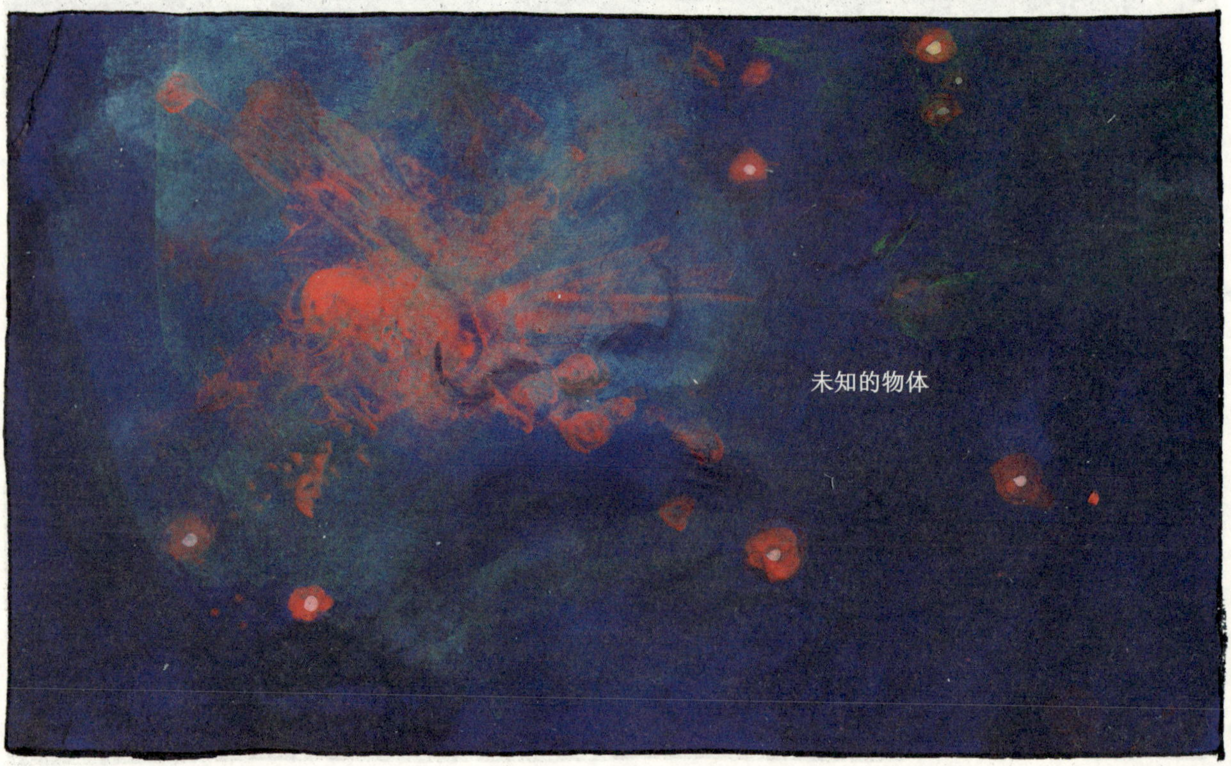
未知的物体

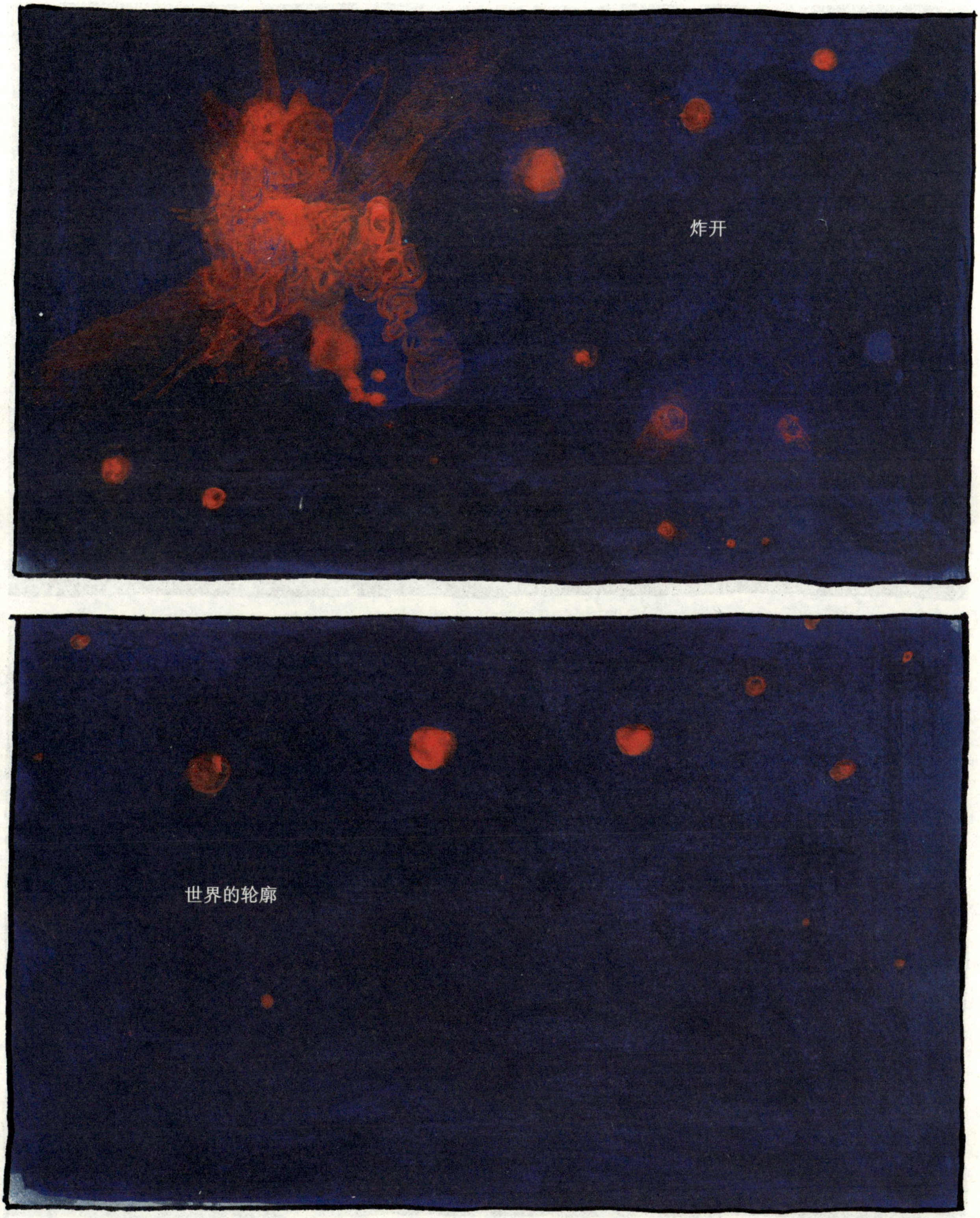
炸开
世界的轮廓

她告诉我，那就像是海上的月圆之夜

一团乌云吞没了所有光亮

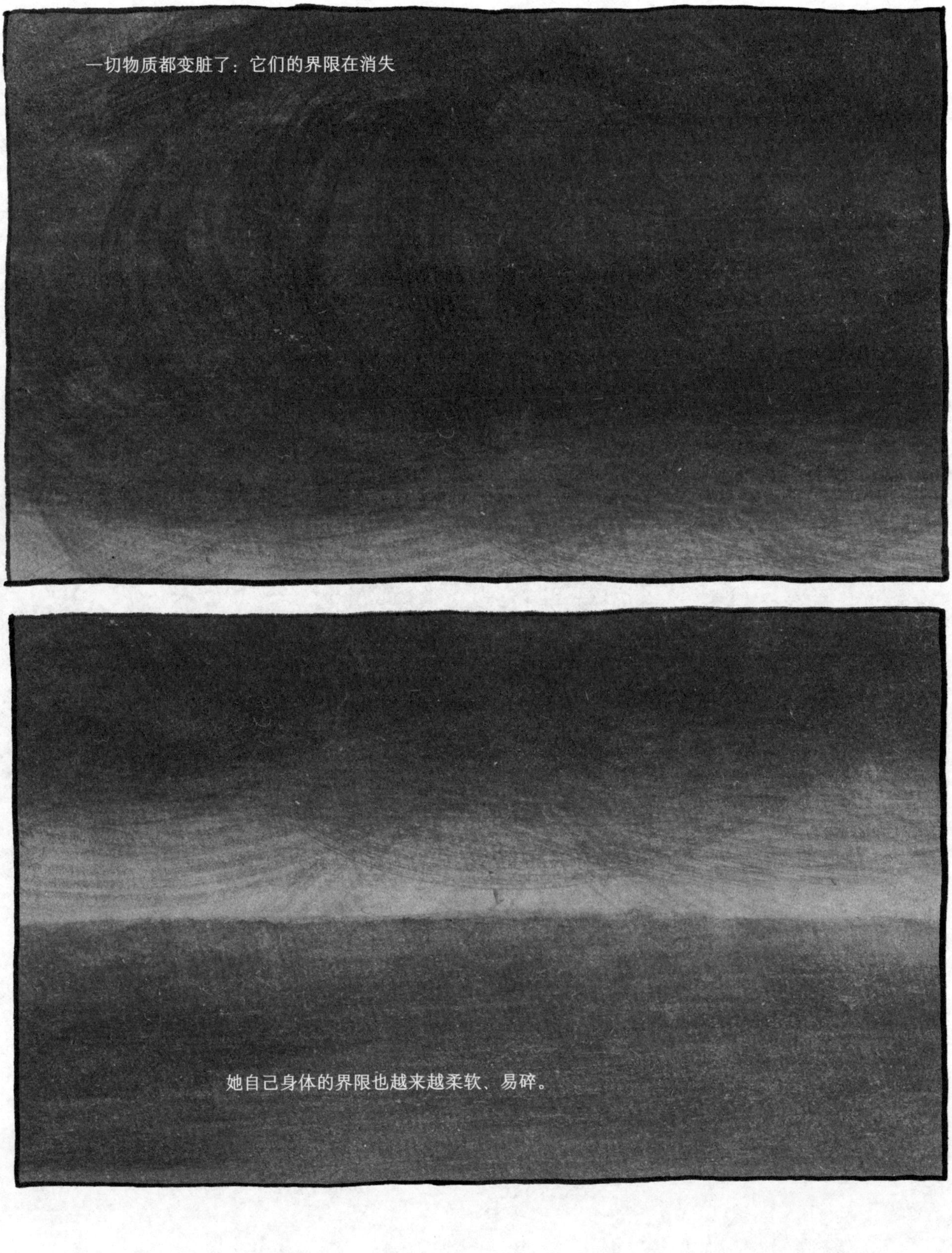
一切物质都变脏了：它们的界限在消失
她自己身体的界限也越来越柔软、易碎。

那天晚上，我们在阳台上竞相放烟花：越有钱的人放的烟花就越多。

我们在和索拉拉家较劲。

你们这帮混蛋，
去死吧！
他妈的！

你们快过来！快点!!!
让他们听听，
我们有什么！

顿时一片寂静。

但这种寂静持续的时间很短。

索拉拉家的阳台上又传出火光。

随后是一阵干脆的响声，啪！啪!

索拉拉家的存货放完了，我们还在继续。

那晚过后，莉拉变得很慵懒。

里诺在她眼里突然失去了本来的面貌，变成了一个矮胖、尖叫的动物，莉拉用很厌烦的眼神看着哥哥。里诺是最活跃、最放肆、最大放厥词的那个，莉拉觉得都不认识他了。

她越来越确信，自己给哥哥带来的坏处远远超过好处。

鞋子的事让里诺变坏了。

这是什么？谁送的，
主显节女巫吗？
啊，
费尔南多，
它们真漂亮呀！

啊，
真是照着我的脚做的！
做这双鞋子的人，
真是个大师！
里诺，你过来，
我现在要感谢主显节女巫！

我打死你这个主显
节女巫！
哎呀！哎呀！！！

你想让谁穿这鞋？
这是阔佬穿的鞋！去好好干活！

他和儿子一起去鞋店了，一句话也没说，带着他们的绝望埋头在那间破铺子里干活。

有时家里没人，莉拉会把鞋子拿出来……

……她把那双鞋藏到了一个隐秘的地方，看着它们，她自己也觉得惊异。

里诺自己也没放弃。他开始频繁和马尔切洛来往，马尔切洛很支持他，因为马尔切洛在追求莉拉。

有时候，里诺甚至会把马尔切洛带回家，费尔南多就会请他吃晚餐：马尔切洛有钱又有势，和他交好是件好事。

里诺，
我能看看那双鞋吗？
当然可以了，刚好是你的尺码，43码！
那双鞋不在了，
我把它给扔了。
你说谎！
抱歉，费尔南多先生，
我没搞清楚状况……
亲爱的马尔切洛，没有任何问题。过会儿我们就能把鞋子找出来，你说对吗，莉拉？

第二天，那双鞋子摆在了铺子的橱窗里。

几天后马尔切洛又出现了。

但他似乎不再对鞋子感兴趣了……

随后，莉拉把一切都告诉了我。

但命运对我有了其他安排。

两天后，她亲自陪我去坐船。我既害怕又兴奋。这是我第一次独自去旅行。

我母亲肥胖的身体、我们居住的城区，还有莉拉的事……离我越来越远，最后消失了。

在伊斯基亚岛我重生了。

早上我要帮老师的表姐内拉，还有那些客人准备早餐。下午我走一段很陡的下坡，去玛隆蒂海滩。

内拉对我说，有一家那不勒斯人要来。她说，他们的儿子长得很帅，和我同岁。

我很快对那个年轻人的到来感到焦虑：很担心自己说不出有意思的话，担心他不喜欢我。

莱农?

尼诺!

是真的吗？要来的那家人居然是……

……尼诺·萨拉托雷一家？

我小时候让你嫁给我，你还记不记得？
记得啊。
我当时想，我成为你的男朋友，那我们会一直在一起……

我们三个就不会分开了：我、你，还有你朋友莉拉。

我感觉胸口那里很疼：在我们俩之间，居然还有莉拉。

尼诺，
你在听我说吗？

明天我就要走了。
为什么？
你父亲来了？

我哭了一晚上，第二天当我醒来时，尼诺已经走了。

就在那天，我收到了一封信。

是莉拉写的。我看信时仿佛看到了她，感受到了她。她写得太好了。

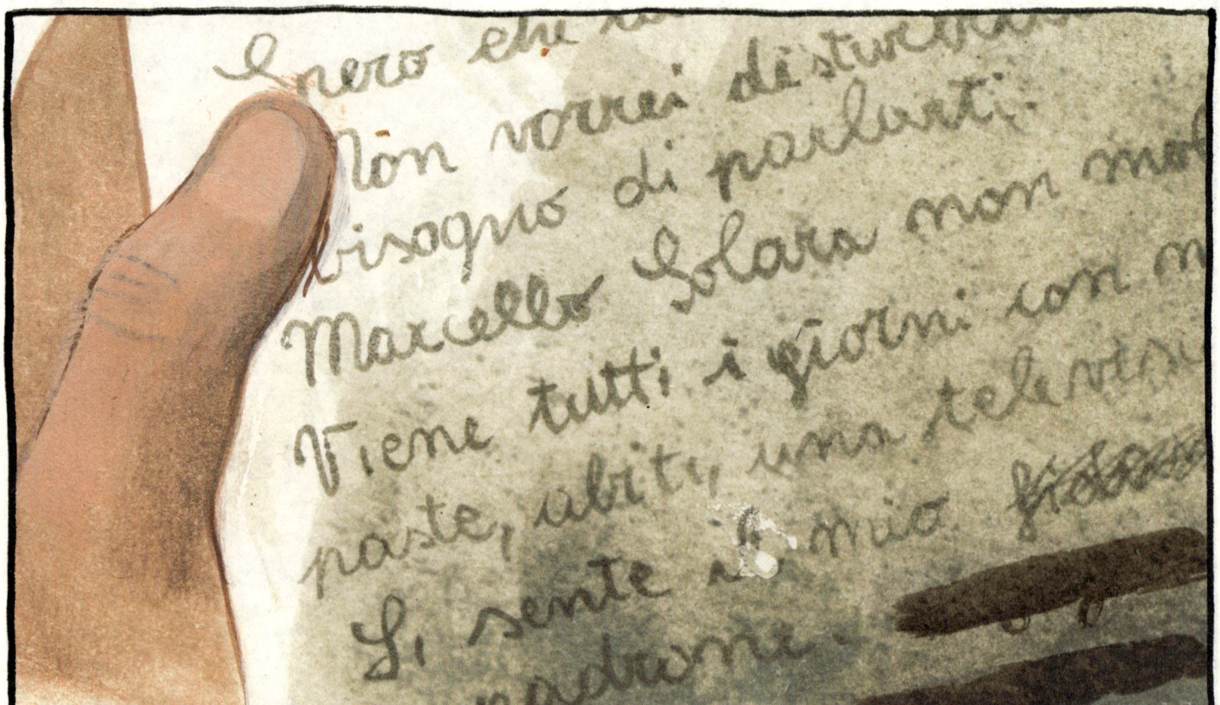

*“我不想打扰你，但我想和你聊聊。马尔切洛・索拉拉每天都来，带着点心，他觉得自己是我的……”

莉拉的世界迅速超越了我的世界。

马尔切洛越来越觉得自己是莉拉的未婚夫，甚至是她的主人：如影随形地跟着她，监视她。

……他想知道她的一切，这似乎还不够，他总是想吻她。

她感觉整个世界的重量都压在她身上，好坏掺合在一起，善恶相互助长。

她觉得她得找到一个解决的办法：
“如果没找到的话，那种事会一件接一件地发生，毁掉一切，所有的一切。”

“我迫不及待地想见到你，莱农。但如果可以，你再也不要回到这个肮脏的城区了。”

“你懂了吗？再也别回来了……”

我发现那不勒斯臭气熏天，非常炎热。

我感觉自己身上还留有多纳托·萨拉托雷的气味。
他的手在我身上到处抚摸。

我马上跑去找莉拉。

我得跟你说件事……但你先告诉我：你喜欢我的这身衣服吗？是斯特凡诺送我的。
斯特凡诺·卡拉奇？
我本以为她会很绝望，很不高兴……
你知道他还为我做了什么吗？他买了我设计的那双鞋，还说他会出钱给我开家新店，完完全全属于我的一家店！
那马尔切洛呢？

马尔切洛让我恶心。莱农，我该怎么办呢？
你和斯特凡诺订婚，就是为了摆脱马尔切洛吗？
不单单是这个原因。斯特凡诺很有钱，而且他是个好人……
他可是堂·阿奇勒的儿子啊！
你不了解他！他……不一样。
马尔切洛说什么了吗？

那她为什么让我回来？她想从我这儿得到什么呢？从我们身上得到什么呢？

她想留在这个城区，同时又离它而去？

她想把我们从我们的世界拉出来，把我们破旧的生活撕裂，赋予我们新的生活，以适应她创造的生活方式？

我在准备高二的期末考试，有消息传来……

她总是抢先一步。

我觉得我的人生变得毫无意义，觉得学习这条路变得毫无意义。我所做的一切选择只是为了让她羡慕……

甚至当修理工安东尼奥问我愿不愿意做他的女朋友时，我也答应了他，尽管我爱的是尼诺。
这只是为了不被莉拉甩得更远。

然而莉拉完成了决定性的一跃，没有回头路。

我再也赶不上她了。

婚礼的日子到了。我和安东尼奥一起去参加了婚礼。

整个城区的人都来了。

连尼诺和他妹妹玛丽莎也一起来了。

那天接过吻后，我没再见过他。

只有索拉拉兄弟没来：莉拉对这件事很坚持。

嗨，莱农，
和我们一起坐这儿吧！

你和我坐一起。
他们给我们留了位置。
不行，我父母在看我们。
你先走，我待会儿去找你。

我和尼诺、玛丽莎坐在了一桌。

莉拉在大厅的另一边。

她是整个宴会的女王。

斯特凡诺在耳边跟她说话。他们面带微笑，似乎很开心。

会写上我的名字吗?
啊?
当然了，当然会
写上你的名字。

从小，我就想依靠莉拉逃离城区。
但她还在那里，被束缚在那个世界里，自认为得到了最好的东西。

周围是巨大的喧嚣和陶醉的欢呼声。
在欢乐表象的背后，我感到一种强烈的不满：爱情与利益，新旧楼房，憎恶与报复……

我认识每个人。

我和他们一样吗？

我还跟他们一样吗？

漫长的宴会快结束了。

他们离开时，我觉得，唯一一个能把我从那里拉出去的人消失了。

餐厅门在他身后关上……

……我好像感到了一阵风。

但实际上没有风。

索拉拉兄弟来了！

马尔切洛脚上……

……穿着一双“赛鲁罗”牌的鞋子！

那双鞋是莉拉从小就开始设计的，

是斯特凡诺之前买的那双，他说会好好爱惜那双鞋。

为什么那双鞋……

……会被讨厌的马尔切洛穿在脚上？

马尔切洛脚上穿的鞋子就是那双！

那双鞋是莉拉和哥哥里诺一起做的……

……他们改了又改，花了好几个月。

用心做出来的鞋子。

中途失败过。

把手都磨坏了。

我看到莉拉的脸渐渐失去血色。

变得非常苍白。

比她身上的婚纱还白。

诺，是你吗？
诺？

和她小时候一样。